◎萬卷文庫㉔
◎佛教現代詩

觀音菩薩摩訶薩

敻虹 著

夐虹全家與師父　印順導師合影。

目錄

向傳誦之口　向記憶之心

——以信代序

張默：

您好。謝謝您要幫我寫「鉤沉筆記」，可貴的友情銘感於心。您給我設定的交稿期限是二月二十八日，現在是二月二十六日的晚上八點，由我口述，請女兒南好打字，希望能在二月二十八日交到您的手上，使您順利完成這篇訪問記。

您知道嗎？您是我的貴人，幾個月前您在電話裡問我有關「觀世音菩薩」的詩作，那是幾年前發表在「人間副刊」上的長詩，您居然記得、而且關心，使我有勇氣把這首詩拿出來重新省視，改了許多，決定出書，書名定為《觀音菩薩摩訶薩》，宜瑛姐也慨允出版這本佛教詩集。爲了使這本書在佛教思想的引介上趨於完整，這幾個月來我努力的讀經，寫了十首左右的佛教現代詩，又爲文介紹《妙法蓮華經》，又找出過去寫的介紹「普門品」詩偈的文章，加以修改，輸入電腦。這幾個月來，我覺得日子過得眞充實，這都是由於您的一句善語關心啊！

張默，您要我回想我的過去，報告我的從前。回想過去從前，眞好像一場夢啊，看起來像似平靜的河流，蜿蜒流向燦爛夕照的海洋，可是水質的感受卻是撞擊、奔騰、匆忙、絕裂，這就是寫作之人的感受特性，使快樂的一生無端地、無奈地、無可挽救地、也是完全不必要地變得憂苦起來。好在我近年學佛，在我正要跟這些傷痕說再見的時候，您教我描述從前。我可以依記得的說出來，但我是眞的跟過去再見了。我試試看，如果我等一下情緒不受一絲一紋的波動，那我就眞的跟那些煩惱說再見了，眞的理性了。

和迺臣在五十七年結婚以後，我們大約搬了二十次家，即使擁有自己的屋舍，還是常常離開那固定的蝸牛殼，在這個島內東、西、南、北地遷徙。迺臣和我都是說走就走、說搬就搬，我們都覺得家的可戀、可愛、可窩，在於家裡顯現的人文：如來聖像、三藏經典、家具、窗簾、花卉、燈座、牆上的字畫、案上的石頭，一經擺設，就是我們溫馨的家。我想，也是因爲這個看法，遊牧民族才能在看似流浪的遷徙中不受傷害，孩子們快快樂樂，都有紅通通的面頰。所以，有些資料不知道是丟失了，還是放在哪個塵封數年的箱子裡，眞的不好找啊。如果不是學佛，我眞的是無法招架您的「鉤沉筆記」的。

檢視我的生命歷程，我找到的眞正的自己是最近這兩年來的自己。少女時代的我以及照片，中年時代的我以及詩行，都是成就爲今天之我的草圖、底色，早已掩蓋在今天這幅油畫的顏彩底下了。我們不要叫它現身，好嗎？我們只如佛家的只取當下，好嗎？

當然，當下不能忘恩，當下不能無情，我感謝很多位詩壇的前輩，我對很多朋友感到抱歉，我對很多學生感到過意不去，我對我的父母、先生、兒女也常懺悔過去不曾做得更好。我欠的都是情債，偏偏我的債主都了解我、原諒我。

張默，剛剛朋友來電話中斷了一下。

現在回答您去年七月九日之函示：

1.家世小傳之補充：我爸爸是臺中人，媽媽是福建龍岩人，我一九四〇年十二月出生在臺東，臺東鎮仁愛國小畢業，省立臺東女中畢業。

2.第一首詩是十三歲時寫給我過世的同班同學。這首詩沒有留下底稿，匆匆寫好，匆匆焚祭。眞正大量寫作是民國四十四年、我十五歲、念高一。第一次發表是高一下，在地方報紙「臺東新報」副刊上，題目是「離人」。這首詩找不到了。高一下學期快結束時，有一位臺東師範的畢業生名字叫做黎華亮，告訴我花蓮「東臺日報」有「海鷗詩刊」，說我可以在那兒投稿發表。也許是高一下的暑假，也許是高二上起，我常常投稿給「海鷗詩刊」，因而知道花蓮有許多位詩人在寫詩，我知道的有王萍、陳東陽、陳錦標、葉日松、葉珊。那時候王萍是主編，也是高中生，和我同年級，後來改名爲葉珊。經由葉珊告知「公論報」闢有「藍星詩刊」，我因爲當時作品多，所以一邊在「海鷗詩刊」投稿，一邊也投稿給「藍星詩刊」，那時大約是高二下。我每次投稿藍星，都幸獲主編賜函鼓勵，那位主編就是我非常尊敬的余光中先生。高三起，我除了在藍星發表詩作，余先生又將我的詩安排在「文星雜誌」的「地平線詩選」、「筆匯」雜誌、臺大夏濟安先生創辦的「文學雜誌」，以及稍後的「中外文學」、「現代文學」等重要刊物發表。大一時，殷張蘭熙女士將我的詩選進New Voices，瘂弦先生將我的詩編進「六十年代詩選」。能順利地發表詩作，使我的寫作生命得以生長延續，並受到很大的鼓舞。一個詩人能成爲詩人，成爲一輩子的詩人，這要深深感謝許多位編輯先生。原來一個詩人也是因緣所成、衆緣和合所成。

3.民國四十七年秋天，我進入師大藝術系一年級，來到臺北和許多位詩人見面。臺北的天空好藍，風好清涼，臺北市好大，臺北的詩人好有趣，大學的生活好開心，眞是詩情畫意的浪漫時代。我認識了藍星詩社的同仁和眷屬，余光中伉儷、覃子豪先生、夏菁伉儷、羅門蓉子伉儷、吳望堯、周夢蝶、向明、楚戈、黃用、張健、方莘、王憲陽、阮囊、唐劍霞、曠中玉、曹介直，還有後來年輕一輩的苦苓、向陽。藍星詩社的女詩人，有鄭林、張香華、本名白春華的白樺，和我藝術系的同班同學劉祖箴。我也認識創世紀詩社的詩人，瘂弦、張默、洛夫、辛鬱和女詩人朶思。也認識現代詩社的商禽、葉維廉、白萩、梅新、羅行和女詩人藍菱、羅英。後來又認識了秋水詩刊的涂靜怡，笠詩刊的趙天儀、林亨泰、吳晟、女詩人陳秀喜、詹澈葉香伉儷，後來又認識了草根詩社的羅青、林煥彰。多年以後才認識很重要的女詩人林泠和鍾玲。席慕蓉也是多年以後才開始寫詩。席慕蓉是我師大藝術系的學妹，低我一年，她是班上的班代，人很可愛，畫畫得很好。年輕一輩的詩人我只認識陳黎、陳義芝、趙衛民，焦桐、楊澤、路寒袖、須文蔚、方群、洪書勤和女詩人潘煊。以上所認識的詩友名字有諸多遺漏，敬請見諒；如冠錯詩社，請張默幫我校正。

4.詩的創造來自詩人根、塵、界的資訊，經由更高一層靈悟的統合，如調色盤一般，世間的七彩，提供給心靈的妙筆、揮灑成詩。根、塵、界的運作，在佛學上稱爲五蘊，或稱五陰。蘊的意思是聚合，這些官能作用聚合在一起，是一個有機的組織，是一個生命的現象。陰的意思，就如樹蔭樹影會障蔽日光，五陰的生命活動，若不加提昇、管制，任其順流而下，勢必阻擋智慧的日光，生命在陰影中流轉，苦無寧日。寫作之人感受特別敏銳，心靈柔軟易傷，常常如夜鶯泣血，爲人間啼唱玫瑰一樣美麗的詩章，鞠躬盡瘁，死而後已。不僅如此，還帶著唱不完的悲歌，含怨入胎，下輩子再做一個詩人，唱那唱不完的情歌。這樣的生命狀態，好嗎？學佛以後，我知道自己柔弱方寸的是非、向背、取捨、收放，我學習捨了來自五陰十八界那強勢左右我的人間表象，結果會不會捨成空無所有呢？幾經自省，不會的。原來人心自有清泉、源源流出，可澆灌自己有限的生命，也可灌溉無限的創作之田園，學「捨」，只是將濁水換淨水而已。我慶幸而且肯定這樣生命的轉機——這也是我此刻的生命觀、藝術觀。

5.一個創作者，可以向外找創作的題材，可以向內找創作的題材。而藝術所必需的「創造力」，使題材的普遍相轉換爲特殊相，成爲獨一無二的精品，實有賴心靈中微妙的慧性、靈性、悟性、佛性。時下流行鋪陳感官之原始相狀，試問：感官觸受，誰人無之？若無更高一層的哲思，賦予美的意義，不能起讀者愉悅、感動、提昇、淨化之效時，這樣的詩作，怕難以傳誦，在時間的長流中，容易像泡沫一樣、起滅一時而已。因而詩人的美學、詩人的詩觀，是理性的生命態度，卻基本地影響了感性的創作方向。最近這些年，我把信仰和詩觀、乃至日常生活，簡化、融合在一起，自得其樂，所以，張默啊，現在的我不離從前的我，但已不是從前的我。而此刻終將過去，只有文字記錄、才能在電腦的磁碟片中，做不死的停止呼吸。我的「詩觀」的結論是，文字具有不朽性。它的不朽，靠著世間將它保存。能被保存，靠著文字的價值性。沒有價值的磁碟片、沒有價值的出版品，去處可知。有價值的磁碟片、有價值的出版品，獲得青睞、珍藏。向圖書館的藏書編目、向藏經樓的聖典古籍、向人間傳誦之口、記憶之心，不朽的詩句，在那裡⋯永恆。

張默，寫到這裡，謝謝您讓我說了這麼多心裡的話。

祝

新春吉祥

闔府平安

寫作自在

敻虹合十

一九九七年二月二十六、二十七日

觀音菩薩摩訶薩

世尊妙相具　我今重問彼
佛子何因緣　名爲觀世音

眾生與法界所崇敬
寂靜虛空的如來啊
妙相平等無比
面對著世尊清淨的法身
我至誠請示：

請問那佛子、那菩薩

爲什麼名字叫做觀世音？

具足妙相尊　偈答無盡意
汝聽觀音行　善應諸方所

那是圓滿、充份而無憾的美
世尊具足了這樣的妙相！
祂用詩偈、祂以慈音
回答發問的無盡意菩薩：

請你諦聽，有關觀音菩薩之所行
菩薩所行，善巧回應各種呼救和困境
不論山巔或海洋
不論鬧市與郊徑
那無奈的低喚

平等於無音的淚流
聲聲如波濤，傳言給慈悲的度輪

宏誓深如海　歷劫不思議
侍多千億佛　發大清淨願

菩薩曾立誓，誓心堅固
菩薩有大願，願志宏深
那宏深的願海
一步一印
一心一蓮
財布施，法布施，無畏之布施啊
爲衆生捨盡
如此步步行來
經歷不思議，難算計的
年歲春秋，向無終行去……

無始的時間以來
無邊的塵土世界
有無數的如來
菩薩曾仰慕、追隨、歸依
在學佛的過程中

菩薩學佛，發深切大願：
我當如是，面對衆生
以髮、膚、肝、腦施捨
以城、池、屋舍施捨
只爲不忍之一心
我願千古萬古

擎明燈，聞聲救度
願衆生都離苦，都安樂

我爲汝略說　聞名及見身
心念不空過　能滅諸有苦

請你諦聽，我爲你說明
觀世音菩薩怎樣救度衆生：
憂苦有難的人，稱念菩薩名字
聲聲念念相續
心與菩薩不離

那憂苦人在荒野或在病榻
那有難人在災區或在火海
菩薩於瞬間聞悉
菩薩於瞬間現身

種種的苦難啊
消逝無蹤

假使興害意　推落大火坑
念彼觀音力　火坑變成池

設若有凶惡的衆生
興起陷害的念頭
在嗔怒的大火坑中
烈火和熱燄
燒灼苦難人的身心
「南無觀世音菩薩！」
痛苦的心呼喚著菩薩
菩薩以甘霖澆熄烈焰
火燎坑化作撫傷的清涼池

或漂流巨海　龍魚諸鬼難
念彼觀音力　波浪不能沒

大海中有人遇到狂風巨浪
天色無光，危機迫近！
機械動力的輪船
桅斷身傾
旅客驚呼，水手慌亂
濤濤黑浪中，似有蛟龍、鯊魚、餓鬼
在等著食物跌落、滑落、墜落
遇難者捉不住救繩，直落入怒海的漩渦……

「南無觀世音菩薩！」
落水的人呼喊著菩薩
霎時風平浪靜，諸險隱形
海水和淚水都在歡喜慶幸
一場劫後的重生……

或在須彌峰　爲人所推墮
念彼觀音力　如日虛空住

有人在須彌山頂，被人推墮
有人在一切的峰巓，被人拉下
「南無觀世音菩薩！」
下墜的人喊著菩薩
像那憑虛運行的日頭，在空中停住
菩薩以慈心承負落難人的跌勢
鼓勵受難的人：再努力向上爬吧
登須彌山，登最偉壯的高峰……

或被惡人逐　墮落金剛山
念彼觀音力　不能損一毛

受難人在尖山确岩被惡人追逐
受難人在修行的進途
被取報的業障牽繞、絆倒
「南無觀世音菩薩！」
遭難的人虔念菩薩名字
衣著膚髮、功業成果
沒有絲毫損失

或值怨賊繞　各執刀加害
念彼觀音力　咸即起慈心

或有結怨的仇人來尋隙
有深仇、有輕恨，俱在此時來報復
層層疊疊，如撕不去的珊瑚礁石
言詞如鋼刀
語氣如利矢
更有斧、劍、槍、棍，齊來加害

「南無觀世音菩薩！」
危難的人聲聲禱念
溫淚流下兩頰

跌在跪膝的塵土
菩薩悲憫這多難的衆生
讓那加害的人，立時化解怨嗔
萌生善慈

或遭王難苦　臨刑欲壽終
念彼觀音力　刀尋段段壞

或有人遭到強權的迫害
在黑暗的混亂的時代
執刑的鋼刀架在頸項
劊子手屏息等待施刑的號令

「南無觀世音菩薩！」
哭泣的聲音，菩薩已有所聞
悲願的大力，摧毀鋼刀
也摧毀一切死亡、命終的憂懼

或囚禁枷鎖　手足被杻械
念彼觀音力　釋然得解脫

有人失去自由，手脚被枷鎖囚禁
在地牢、在黑獄、在荊棘的坎陷
有人失去自由，心志被網羅捕罩
在無望的泥淖

「南無觀世音菩薩！」
蒙難的人念著菩薩
牢籠粉碎，枷鎖自開
束縛的心智、閉塞的出路
一起朝智慧的天地解脫

自由自在！
觀音菩薩的聖名
使眾生觀、行自在

咒詛諸毒藥　所欲害身者
念彼觀音力　還著於本人

咒詛的語音，像一劑毒粉
隨風飄灑
害人目盲音啞、皮膚潰爛
高濃度的強酸
潑來要燒灼腐蝕那苦難衆生

「南無觀世音菩薩！」

驚慌的受難人高呼菩薩名

菩薩的大力使毒汁轉弱
被波及的正是那下毒的人

或遇惡羅剎　毒龍諸鬼等
念彼觀音力　時悉不敢害

凶惡的羅煞鬼，噴火的毒龍
以及樹精水怪、種種鬼魅魍魎
自陰虛之界跨到此刻現在
逼在苦難人的眼前、身畔
「南無觀世音菩薩！」
專心誦念菩薩名
一切的陰界鬼魅
都不再對人傷害

若惡獸圍繞　利牙爪可怖
念彼觀音力　疾走無邊方

苦難人在荒原被惡獸圍攻
銳利的爪牙向行旅揮舞
「南無觀世音菩薩！」
被困的行旅聲聲禱念菩薩
菩薩施力，使獸性馴服

蚖蛇及蝮蠍　氣毒煙火然
念彼觀音力　尋聲自回去

在潮濕的洞窟，在陰冷的地角
蚖蛇正吐信準備攻擊
那黑寡婦蜘蛛，那彎尾的蝮蠍
無不一一等待噬人
而沼澤的毒瓦斯，也自燃毒煙
向路過的行人噴射致命的氣體
「南無觀世音菩薩！」
所有的過客一心持念
念著菩薩的聖名

菩薩的聖名

使毒蛇毒蠍毒蟲毒氣回地角、洞窟

雲雷鼓掣電　降雹澍大雨
念彼觀音力　應時得消散

詭譎變幻的烏雲黑壓壓地蓋下來
閃電從中天劈下，十萬瓦的聚光燈
向天地探照
冰雹和大雨，同時哭喊而下
直逼茅舍、麥田、菜畦
和脆弱的玻璃窗……
「南無觀世音菩薩！」
放學的孩子、回家的路人
一起躲到瓜棚底下
菩薩的聖號從人們的口中傳誦

音波乍起
雷雨消散

眾生被困厄　無量苦逼身
觀音妙智力　能救世間苦

無助的眾生困頓在世界
無量的苦難逼向孱弱的身心
「南無觀世音菩薩！」
「南無觀世音菩薩！」
眾生有心橋、有心力
連接慈悲菩薩的大願力、妙智力
菩薩使眾生的身苦解脫
菩薩使眾生的心苦昇華

具足神通力　廣修智方便
十方諸國土　無剎不現身

觀世音菩薩實踐六波羅蜜
已經具足各種神通變化力
累劫廣修智慧方便，因而
出入自在，觀自在，度生自在
十方國土
但有莊嚴清淨的寺院
但有一絲虔敬的心香
自合十的手升起
但有輕揚的梵唄
但有聲聲句句經文、明咒

但有念念相續菩薩聖號
十方國土所有地點
菩薩都應化現身

種種諸惡趣　地獄鬼畜生
生老病死苦　以漸悉令滅

觀世音菩薩的慈悲
及於六道中最辛苦的三塗：
地獄道的哀號受罪
餓鬼道的飢熱之罰
畜生道的被食被殺
菩薩都在救助
而人間的生老病死諸苦
菩薩都在化度
深觀因果及十二緣起
只有空慧、淨德能將諸苦消滅

「南無觀世音菩薩！」

持名誦念，是修淨、修慧的梯階

眞觀清淨觀　廣大智慧觀
悲觀及慈觀　常願常瞻仰

諸法不生不滅
諸法歸於空，歸於如，涅槃寂靜
這是眞實的見地

俗聖圓融，理事無礙
菩薩作清淨的觀照

菩薩智慧無邊
觀語言、設施、教化、都只是方便
三輪原本體空

乃至所有的心行
所有說苦說救的形象

觀世音菩薩的悲憫，遍顧法界
觀世音菩薩的慈心，普披世間
受苦受災的有情啊
常願學習菩薩所行
時時瞻仰敬慕菩薩慈相
時時觀想默念菩薩聖號

無垢清淨光　慧日破諸暗
能伏災風火　普明照世間

如秋晨澹澹的清波上
擎起一朵素潔的蓮華
那柔瓣泛著美麗的光暈
這是菩薩給人的感想

觀音菩薩摩訶薩
觀音菩薩摩訶薩
法喜猶如
淡淡的秋晨
舒宜的風中

清波上
柔美清淨的
泛光的蓮華

從菩薩的頭、面、眼、口和髮上
光明射出、如旭日跳出海面
七彩的晨光漸漸增強
終於不可逼視
慧日照亮所有的蒙昧和黑暗

光明能調伏世間諸般災難
調伏各種風難、火難
一切的嗔風怒火、無辜之難

俱在菩薩的慧光中改邪歸善
光明絕對優勢地勝過黑暗
菩薩的慧明，普照世間

悲體戒雷震　慈意妙大雲
澍甘露法雨　滅除煩惱燄

觀音菩薩摩訶薩
慈憫的心燈透澈內外
觀音菩薩摩訶薩
深刻的悲懷，與衆生同感
觀音菩薩摩訶薩
護守的淨戒，莊嚴如猛雷的震撼
觀音菩薩摩訶薩
忍耐的大行，如天地的雲意

看！甘露沛然而下
是淨音、是法雨
是苦熱中的清涼水
將懊惱與煩憂的火焰
完全熄滅

諍訟經官處　怖畏軍陣中
念彼觀音力　衆怨悉退散

在爭訟難斷的官司中
在恐怖懼怕的軍陣中
「南無觀世音菩薩！」
煩惱的人、畏怖的人專心持念
菩薩的大力化解了冤仇
怨恨和敵視
不再出現

妙音觀世音　梵音海潮音
勝彼世間音　是故須常念

觀世音菩薩
妙然圓通之音
觀世音菩薩
誦念功德宏隆
菩薩聖名觀世音
音聲入耳，都是美妙的清音
也如寺院寶殿日日課誦的梵音
也如永古不歇的海潮音
那微妙之音，那莊嚴之音
那清越之音，那善淨之音

不同於人世種種聲音
因此，與菩薩有緣的人
常在夢中
時時持念

念念勿生疑　觀世音淨聖
於苦惱死厄　能爲作依怙

「南無觀世音菩薩！」
「南無觀世音菩薩！」
衆生持念淨聖的洪名
信心堅定無移

「南無觀世音菩薩！」
「南無觀世音菩薩！」
何處有衆生誦念
菩薩便化身前來救援

如一座大山
擋住憂苦煩惱和死亡之災

具一切功德　慈眼視衆生
福聚海無量　是故應頂禮

從來不倦息
修習布施、持戒、安忍、精進
禪定、般若波羅蜜
歸依、禮敬一切如來
從來不倦息
度衆的深願如大海
從來不退志

無與倫比的
觀世音菩薩
功德具足

從過去，到現在，到未來
全部的心神：
慈悲的眼光、敏銳的耳聽
都灌注在苦難的衆生

觀世音菩薩
福慧聚集如大海

眾生受菩薩深恩
感動地恭敬頂禮
自然誦念菩薩聖號
不論時間、地點：
「南無觀世音菩薩！」
「南無觀世音菩薩！」

頌歌

——敬呈 上印下順導師

何等境界
何種感受
何樣觀照
可以描述和想像：
這一位
慧者
最慧者
超越者

慈憫者
風趣者
以佛法布施者

仰望那
月，獨步秋空
一輪圓圓的明光
人間都看得到

而最記取
導師慈愛的話談
那清淨法喜
向無邊虛空

如大蓮華
散發芬芳

今生至幸
歸止三寶：
如來
佛法
導師

願
三寶護佑衆生
導師立言不朽
導師世壽無疆

菩薩頌

佛子啊
你以慈悲進入佛心
你以如來的慈心入世
你以慈悲心入世間入萬事
你觀：世事之成就
便是佛法之圓滿
佛子啊
清淨的慈悲者

是圓滿的世間人
入於理事無礙的妙法華中

德蕾莎修女以大慈悲
獻身命爲瘠土貧民
星雲大師以大布施
將人間佛教普化於五大洲
印順導師以大智慧
克服病痛、不顧弱軀
爲衆生，鐫刻一頁又一頁
清淨的眞實語

都是大菩薩啊
都是大菩薩啊
入於理事無礙的妙法華中

鳩摩羅什頌

荼毗的熱火
一如曾經燃燒的生命
灰燼中
唯留一瓣
紅豔豔的舍利
說法的妙音越三際
向十方傳送

從無邊的從前
到無邊的未來
從一佛國土
到一佛國土

您爲傳法而蒙冤屈
如清淨無比的蓮花
生於汚泥
您忍辱而說
「願你們但取蓮花
勿取汚泥」

「孩子，爲什麼傾跌？

爲什麼鐵缽滾落在地？」
「啊，母親，只因孩兒一念分別
因此缽重難負」
您的母親，她已圓頂、已證初果
她知道十二歲的您
一生爲法
在長安與衆僧譯三百部佛典
將大乘深意，宣化於東土
向虛空
您播種了千萬朵蓮花

稽首禮敬
羅什聖僧

眾星閃爍的寒空
您是熠熠的
指引我的
最美最明的一顆

受戒（二首）

燃身

和合僧在頭頂燃身
善男子善女人在臂上燃身
香燃起，我只是學一點點
如來的捨身餵鷹

我喜悅地看著

香之爇燃、紅透、燒灼在膚
烙印在清淨的心海

三處戒痕，終生的紀念和
提醒。這三處是見形的蒙
佛授記
從此生苦海
向無生忍海

菩薩戒

我才舉步
誓永不退還
願攝律儀戒、願攝善法戒
願攝饒益有情戒，不畏難

如來在佛光山
如來在一切處，大慈大悲
在虛空中遍滿

當十方世界妙善戒法感應而來
如雲如蓋覆在戒子頭頂

流入戒子身心
戒子深心感動，感恩那法寶僧寶
感恩三寶

戒子流淚於這樣的脫胎換骨
戒子流淚於這樣的幸福
向大菩薩學
向遙遠的佛國
起跑

說法二帖

一、

水在淼淼的煙波上說法
說你心裡也有水的寂靜
也有水的忘情
也有水的映月
也有水的空影

夢在深淺難測的國度說法
說你心裡也有遠遠的笑聲
也有霎時的驚疑
也有不入世間的忘言
也有飛越，超過束縛的一切

二、

這是萬物在說法
這是萬法的本性：
秋天的風在高空呼嘯
雛鳥在呢喃
田園的植種、萌茁和收穫
嬰兒之哭之笑之成長
即使是所有的枯萎、凋謝、辭世、敗壞
也是萬法之必然

眼淚在哽咽的心頭問你：
是在爲無常哭泣嗎？

你說：呵，不。我是在爲愛哭泣
愛是至情，愛是自然
——自然，在哽咽的心頭
用眼淚說法

玫瑰

所有春天粉紅的玫瑰花
(其實不只)
所有桃花櫻花
和粉紅的綾羅絲帕
以至天際絳紅的彩雲
還有湖岸河谷一映落日的
談紅蒹葭
名爲玫瑰

都是我的膚色面頰

至於我的心
由紅火燄
到紅蓮花
出煉獄而昇華
從豔紅到無色
將玫瑰虛化

而今遠離愛想結縛

我眞正愛你時
已不說愛
不說想念之綺語
我從愛之繭
忘苦而化翅
向淡藍的氣流
向梵唄的音波

終究我也不是蝶　不是蛹
不是來源　不是往後
不是結的重重

終究是
爲遠逸而蛻變的
一場夢

正面之城市

正面的城市結構
硬體是高效能、高科技
它的唯一目的
只爲了軟體

方寸心蓮是軟體
一朵朵清淨的心，美如蓮花
正面之城市

擁有兩千萬這樣的居民
「寶寶，不要弄死小蟲蟲
它會痛痛」
所有的媽媽對娃娃説
這是愛的最初教育
因此一切的生殺和竊奪都銷跡
恨的循環也終結

正面之城市
賽跑的方向都向前
我們像朝天朝雲一飆的火箭
只飛向光明

不向昨日算帳
一切的帳
都埋入流淚的歷史和同情
今人無辜
永遠如此
廣島的變形人向誰哭訴

兩千萬朵善美的心
兩千萬雙合力的手
足夠擎一座島的強光燈
爲所有苦難人照明

正面的城市
如來、孔子與聖賢的教誨
是我們沉思的寶典
我們讀書、寫詩、種田、做買賣
我們蓋房子、開路、教養兒女
香水海上有蓬萊島
正面的城市
在此定居

詩的幻象

最初，我的心
依傍著種種的美麗
海潮、胡琴、洞簫
從童年的臺東海岸
夜晚的空荒中
縈迴婉轉
種種的美麗

素心蘭、桂花、茉莉
與沉水、檀木的香氣
父親的慈、母親的愛
丈夫、兒女的關懷
以及師尊、朋友的情誼
一一有難捨的記憶

亦有曾文溪的流水
自夾岸的綠草之
千手、萬手的握別中
悠然向海
不是永不回頭的走
是源源不絕的再來

我的心，於種種美麗
綠翡翠流動的綠血
紅寶石燃燒的紅火
曾沉醉地欣賞

半生在固守
那種種的美麗
不意，一夕之間
我的心，從自己的手裡釋放
釋放的手，又釋放了他自己

原來，是這麼容易

只是一念之轉換
原來，釋放
不是落入竭井枯禪

原來，釋放於擁有
不會落入無窮辯證的泥淖
那「因失而得，復失復得」之循環
以及一切無謂的探討

我的心
如果連美麗都不再依傍
那麼
詩也只是幻象

思母之歌

親愛的媽媽
我們有十九年未見
我不是苦寂的孤兒在世間
雖然我極爲想您，深深落在
愛別離的天地
但我不是孤獨之兒被母親拋棄
百年人壽終有階段性

輪流著童年中年與老病
如玫瑰花含苞怒綻以至凋零
生命的神機是似有似無幻得幻失的延長線
頭尾難測，中間波動震盪著音聲與光色的頻率

由於這樣的認識
我才能從失母的悲傷出離
由於這樣的不得不失
我才能眞正擁有您

至愛的母親
在佛光中，我推知我們曾生生世世爲母子
您是我生命與愛的源河

您潺潺施予
我靜靜納受，成爲感恩不盡的湖泊

其實，生命的眞相是不生不滅無來無去
在佛光中，我們唯有共修到自在解脫
母子才能永不分離

生命是世間詩

生命是那麼圓滿地
涵擁了一切
生命就是一首詩
即使我們不寫詩
或者不會寫詩
生命是一首美滿天成的詩
靜止、自在、放下時

換得了本來面目
生命是世間的詩
境界可以直往
妙慧之虛空

兩岸之間

——敬答一位詩友

你希望我運筆自在
來去在凡、禪之間
此岸是苦、是有情的國度
彼岸是樂、是無為的妙境

起先，兩岸是不得不然的
對立的概念
其實兩岸無間

其實一旦到「彼」
「此」方風光已無聲無形

人在此岸
有些舊時夢，有些舊時
顏色，舊時悲
往往重溫落淚
人在彼岸
心情已然化解

彼是渡
彼是美
彼是光

彼是無此無彼
彼是不再兩岸

妙音頌

頌詩：敻虹作
陀羅尼句：南妤譯

來自大悲心的
呼喚之妙音
是天上的慧聲
是人間的淨禱
在傳誦一首
柔和的歌：
「我歸依禮敬三寶
我歸依禮敬先知

我歸依禮敬智慧如光的如來
崇高的如來
慈悲的如來
無比的如來」

「願我進入先知純淨的心靈
我歸依禮敬如來
大慈大悲之處所

如來全然了解萬法
佛性純淨：
一切生靈因而得度
一切國土因而清淨

我，如此，也將成爲先知
　凌越塵世」
柔和的歌聲
使我寧靜

歌聲
存在於虛空
透明於虛空
寧靜於虛空
陀羅尼妙音
所來自之
大悲心
化作柔軟聲：

「噢，哈瑞！
光明的如來
頭頂耀眼之榮冠
成爲世界的中心：
創造勝利、勝利
光榮的勝利
崇高光榮的勝利」

如來，如來
您一直慈悲教化衆生
觀音菩薩摩訶薩
您一直慈悲護念衆生

「我準備好了
已立穩脚步
噢，如雷的大力
震撼、震撼
化除我心靈的恐懼」

「來吧、來吧
傾聽、傾聽
喜悅已到來
說啊、說啊、說啊：
『呼盧　呼盧　瑪喇
呼盧　呼盧　呵列
撒喏　撒喏

許瑞　許瑞
蘇如　蘇如
菩提呀　菩提呀
佛陀呀　佛陀呀……』
在低喚之妙音中
醒來、醒來吧
醒來吧、醒來
善慈的
如來使懼者產生勇氣」

大悲心化作妙音
在無邊無界無止境的宇宙中
觀音菩薩摩訶薩

曾持此淨言、持此慧聲
證無餘涅槃而爲
正法明如來

陀羅尼傳誦著
大悲心陀羅尼傳誦著
一首勇猛的頌歌：
「快快
快快走向勇力處
快快前往崇高大力處
快快奔向福德無邊的如來
快快奔向獅面如來
快快奔向智慧無邊的如來

快快奔向手持蓮華的如來
快快奔向大慈大悲大願大智者
我歸依禮敬如來
——願這永恆之歌
向無邊法界傳誦」

在如來的境界中
大悲心陀羅尼妙音
化除我往昔的無明
我立下菩薩行的心志
願此心志圓滿達成

〔註〕

「大悲心陀羅尼」是千餘年來我國佛教徒所誦念修持者，慈悲攝受力很大。本詩引號內的陀羅尼句是夐虹之女南妤依據印度昆達拉法師英譯「大悲心陀羅尼」之含意，簡略譯寫而成。引號以外之詩行，爲夐虹所作。

心的封山

——爲佛光山封山而寫

心的封山
是
合十
是蓮華靜靜當胸
是萬緣放下
是萬籟寂默

心的封山
依如來教誨
往返於無盡的
禪定：
金剛三昧
火光三昧
海印三昧
……
封山
心的閉關
入世的關懷依然

封山與開山是自在的隨緣說法

諸佛護念的大乘經典：《法華經》

序詩

禮敬：法華經！
歸信：妙法華經！
奉行：妙法蓮華經！

所有修行的僧人
一字一禮拜於

諸佛護念的
妙法華經！

所有菩薩發莊嚴的誓願
要善巧說法
弘揚此
禪定、法喜、智慧
唯一佛乘的
大乘經典：妙法華經！
眾生有幸到寶山之前
誦讀、歸信至高的法語
妙法華經
願如來慈悲授記！

第一部分　法華經特殊的結構

如無數的明鏡相照
交輝映光
在這兒
光明作無限的擴張

有人說：光年的指向是在明天、在未來
有人說：光線一出發，就無遠弗居
這是局限的想像
其實過去也溶入未來
那電光石火之震撼
就在你讀經的現在

全體進入部分之中
部分又走出全體以外
遠離大小、先後、時空的辯難

當我們進入聖典
我們便體驗了無礙
和自在！

孩提時曾經玩過對照明鏡的遊戲，和弟弟一人拿著一面鏡子，相距數步對照鏡子，發現對方的鏡子裡又有一層鏡子，鏡中又有鏡，向內延伸，一層層的鏡子出現到目力無法觀測，數字無以計算的深遠之處。親眼，我們看到了「無邊」、「無數」和「深刻遙遠」！童年的印象是驚奇與喜悅！

長大以後，讀哲學的時候，教授說：「無邊」、「無數」、「無限」、甚至「永恆」，是沒道理的、甚至是無意義的詞語。又讀到「自語反覆」的「套套邏輯」是無意義的。人，發現了語言的技窮。在佛法中，超越又包容了語言文字的短缺。

在接受華嚴宗十玄門的理論與恭讀八十卷的「大方廣佛華嚴經」之後，重讀「妙法蓮華經」。序品中當頭棒喝於我的正是重重明鏡相照、十玄門中帝珠交輝的妙法華經特殊結構：

在法華經中，如來對當機的聽衆說，不論多麼久遠的過去，不論多麼寬闊的宇宙，十方諸佛，時時在說妙法華經。經中正在說法的釋迦如來也正在說妙法華經。

法華經中，如來在演繹闡說最高佛法，而法華經不受時空限制地亦爲過去諸佛所說——那麼，什麼是標準的法華經版本？受世間知識、學術、理論訓練的讀經者，不禁發出這樣的疑問。那是局限的思維方式下發出的狹觀的問題啊。十年前我發出這樣的問題，現在我找到答案：佛法超越世間的思維模式！華嚴宗大德能從華嚴經裡發現十無礙的哲學理論，眞是了不起。原來佛法無礙、自在、圓融，言語設施只是方便、不得已、善巧，是漸月之指而已。

那麼，眞正的妙法華經版本，便是無窮的鏡中之鏡，在有限的版面中，有無限的內容。如光耀的帝珠，反映彼此的造型，打破眞實和幻影的疆界。妙法華經中說妙法華經，全體、部分；過去、未來；大、小、先、後，在如來的慧光中，無諍地泯滅了。法華經的版本，有無限的版本。

妙法華經的精髓，在許多的譬喩解說中。如來說法平等，如甘霖撒在平原、高山、河川、海洋。適合修阿羅漢道的，如來指導他修成阿羅漢，再引導修行佛乘。沒有不迴心向大的阿羅漢，若阿羅漢而不迴向如來大乘，便不是阿羅漢。不論是聲聞、緣覺，都是一樣清淨的在修行，如來使他們迴小向大，做大慈大悲大智慧者：佛！

大方廣佛華嚴經由龍樹菩薩自龍宮中傳出。下品華嚴經有十萬偈四十八品，上品華嚴經有無窮的卷帙充滿宇宙。這個說法的象徵意義是：宇宙中處處佛法，一事有一事之理，而理事圓融、事事無礙。我們以十玄門的立場、態度、素養來了解法華經，我們才能像平原中、高山上易受法雨的大樹，有效而快速地吸收佛法的甘露水。快快啊，在漫長的宇宙中，我們流浪漂泊太久了，快快成賢、成聖、成佛，是如來慈悲的呼喚。

第二部分　法華經三乘歸一的思想

佛子

佛子

衆生都是如來之子

你來歸依佛法僧三寶

你能信正法

你正見法性

你知無常、無我、苦空

你成爲大丈夫

你入賢哲之流，你是初果須陀洹

你在生命輪迴的大轉中

再來一次就好，你是二果斯陀含

你不再有生死之苦
你是解脫的阿那含
你修行到更高的階位
無復煩惱
你是自在的阿羅漢！

或者
你在山隈海隅靜坐冥想
你豁然領悟宇宙眞相
了然於十二緣起
你亦成聖果
名曰緣覺、辟支佛！

阿羅漢
辟支佛
眞有心灰身滅
而入涅槃嗎？

未啊，未啊！
如來慈引善化：
小乘人醒來吧
再上你的步程
向大乘
唯佛有滅
唯佛入於涅槃

入滅與涅槃
不是永遠的死寂
涅槃寂靜是光明、燦爛、清淨、智慧
向眾生
演說妙法

世間眾生，信佛而願修行者，對於聲聞道常持兩種看法：一是輕視；一是執著只願做阿羅漢，而且以為阿羅漢是自掃門前雪的自利者。聲聞乘、緣覺乘、菩薩乘，都還不是佛所教誨的最高目標，佛子努力的最高目標在：同證佛果！唯一佛乘才是眞大乘！聲聞乘、緣覺乘、菩薩乘，三乘歸於佛乘，三乘歸一，唯一佛乘才是眞大乘！這是佛教的最高理念。

在成佛的過程中，聲聞乘、緣覺乘、菩薩乘是必修的漸進的階位。可以由阿羅漢、辟支佛，發大心而行菩薩道，登大菩薩地；也可以由凡夫發心而爲「初發心菩薩」，漸次修行，不退初心，再從聲聞十地，登上大菩薩十地。

阿羅漢的修行歷程是令人感動、尊敬、佩服的。輕視阿羅漢是不對的，因爲阿羅漢是聖者，祂的智慧和德行崇高而清淨。佛子若存有「輕視」和「不屑」的反應，是心境上應該去除的雜質。佛子若以求證聲聞果爲努力的終點，是不夠的。如來在經中鼓勵初學的佛子，可以視自己的腿力來訂遠行的中點站，以阿羅漢爲短程目標，成爲阿羅漢，還要再出發，向平等、清淨的如來境界修行。這是方便法門，爲如來所教誨。阿羅漢不是心灰身滅、不管他人者！一登阿羅漢果位，如來會來教化，阿羅漢慧深心淨，必然相應，領受深法而成大菩薩。阿羅漢必然迴向大乘。如來又教誨辟支佛，成爲大菩薩。

那麼，大菩薩是不是佛子最終的目標？大菩薩有時候是如來的化身，早已成就佛果；大菩薩也有從四衆中來，四衆是比丘、比丘尼、修行的善男子、善女人，先成爲「初發心菩薩」，再進階爲「不退轉菩薩」，再進階爲登十地的「大菩薩」。菩薩是成佛必經的歷程。大菩薩登到最高的十地「法雲地」，如來爲祂說法如雲，因而十地是佛教最高的道場，必經歷法雲地，才能證佛果。如來在經中苦口婆心地教誨衆生要有成佛的大心。成佛：有無盡的學習課題和歷程，內容是多麼生動、豐富、有意義、有興味，不論是三昧定境，不論是陀羅尼，不論是度行波羅蜜，都有無窮無盡的種類、相樣，都是解脫法門。佛子在這多樣而燦爛的學習、體驗、收穫的進程中，法喜充滿，清淨自在。

在成佛的過程中，佛子沒有急切成就的壓力，因爲有無止的成就一一等待擷取；時間以無窮劫的巨數等著佛子善加利用。而十方諸佛是佛子的義務教授；無數的菩薩是佛子上課時的同學；無邊的虛空，是佛子聞法的處所。沒有壓力，沒有條件，只要佛子心裡出現一念：我歸依禮敬三寶，我要成賢成聖成佛！那麼，在智慧的國土中，佛子已種下一顆金剛種子，將發芽、成長、結果，指日可待，必能滿願，在如來的教誨之下，脫胎換骨，由凡入聖。經典便是如來的法身：妙法蓮華經。

佛子發心，受三歸依是聲聞第一地，正信佛法是聲聞第二地，正見法性是第三地，知諸行無常、諸法無我、諸受是苦，爲聲聞第四地，學戒學定學慧圓滿是第五地，成大丈夫，登八人地，是第六地，須陀洹是第七地，斯陀含是第八地，在生死輪迴的轉盤中，只要再來一次；阿那含是第九地，已度脫生死之苦；阿羅漢是最高的聲聞果，無復煩惱，解脫自在！這時如來慈音召喚，阿羅漢頓成大菩薩！

辟支佛階位稍高於阿羅漢。為說明方便，所謂階位之高低，是依神通變化、智慧、功德的深度廣度強度各方面來說的。

大菩薩十地是「歡喜地」、「離垢地」、「發光地」、「焰慧地」、「難勝地」、「現前地」、「遠行地」、「不動地」、「善慧地」、直到「法雲地」。大菩薩境界超越法雲地便是如來。中間有無數的歷程，佛子可從經典中尋覓。發心、發願、精勤，如法修行，佛語無妄。三乘歸一，是妙法華經的理念。如來以妙法華經為最高無上之經，三乘歸一是如來教誨的總綱，是佛教的宗旨。大乘就是一乘，就是唯一佛乘。衆生從聲聞、緣覺、大菩薩，終成如來。佛子無他顧，勇往直前，向最慧、最正、最光明的目標——如來的境界——修行。

第三部分　法華經人人可成佛的思想

如來慈悲
爲佛子摩頂授記
爲阿羅漢摩頂授記
爲辟支佛摩頂授記
爲大菩薩摩頂授記
預言：
你們將成佛
國土平整、衆生慧善
你住壽久遠、度人無數
你十號圓滿，爲衆生説
妙法華經

介紹藥王、常不輕、妙音菩薩
和觀世音菩薩所行

佛子喜極而泣
爲如來的慈悲授記
佛子勇氣倍增
信心充滿胸臆

佛子修行先從世間五明學起。佛子要遍學一切智。佛教肯定各門先進的發明、各種有利衆生的技能，略分五明：醫藥之學的不斷研究發明，佛子能注意關心；各種器物的研製、改良、維修，佛子具有這些知識；基本的論理、邏輯，佛子有此素養，作爲無礙辯才的基礎；行雲流水的文章、賞心悅目的畫藝，佛子能創造、能鑑賞；佛教以外的學術，以及如來的法身經寶，佛子皆能了解、研發、領會、實行。也就是說，世間的一切學問、技能，佛子皆遍學。佛法不違世間法，汚泥中而有蓮華出，從俗世才能見佛法。佛法在隨順世間、改善世間，使穢土成爲淨土。

我們說宇宙中遍佈佛法，那麼，對於那些行惡犯罪者，應該放在佛法的什麼地位呢？維摩詰所說經中告訴我們，六十二邪見也是道場，魔也是道場。佛子從每一件不如法的邪語、惡事，見它的來龍去脈、因緣果報，以正知正見，判別善惡，佛法便在佛子的心中、眼中正住。

佛子還有許多自我充實的課題，大菩薩的愛語、利益、同事三事，佛子可以學習。愛語的意思是言者的心地柔軟，語言善淨，給人希望，給人溫暖。同事之謂，將心比心，互換立場，以同理心處處爲人設想，與衆生廣結善緣。在修行的道路上，與衆生互動。佛子的心，大菩薩的心，與衆生息息相關。

在小品般若波羅密經、大品般若波羅密經，以及大般若波羅密經中，詳述大菩薩的修行項目。所謂修行，以如來法身之佛經爲典範，讀誦了解，應用於日常生活中，佛子才能成爲「佛化人」，才能蒙佛教誨，蒙佛授記。

修行的入門，是三歸依。我們可以從虔敬寧靜的禮敬三寶中，與如來感應道交；我們可以恭讀如來法身三藏十二部經典，佛子悠遊於聖典之中，以無心之心，直接澈悟，由一地晉入一地。

如來教導衆生不執著，知萬法空性，連空見亦空，而得般若大慧。到這裡，佛子可以貢高傲慢、目空一切嗎？非也，非也。崇敬、謙虛、關懷是高尚的情操，今世的佛子無緣遇佛，禮敬如來的畫像，不是僵化、固著、執迷的偶像崇拜，而是佛子應有的禮儀。佛子禮敬三寶、懺悔業障，爲修行的初步。如來爲誦讀修行法華經的佛子授記，這是佛法的倫理。

妙法華經中，如來對藥王菩薩說：如來滅度之後，若有人聞妙法華經乃至一偈一句、一念隨喜者，是近阿耨多羅三藐三菩提者。如來又說，善男子、善女人，在如來滅度後，即使私下能爲一人說法華經乃至一句，當知是人，爲如來使者，爲如來所遣，行如來事，何況於大衆中廣爲人說妙法華經。又說，讀妙法華經者，以佛莊嚴而自莊嚴，是人有大信力、志願力及諸善根力，如來爲之手摩其頂。又說，妙法華經中，有如來分身。又說，不論在家、出家，行菩薩道者，若能見聞、信解、讀誦、奉行、供養妙法華經者，實爲善行菩薩道。如來又對藥王菩薩說，善男子、善女人，如何爲衆生說妙法華經：「是善男子、善女人，入如來室，著如來衣，坐如來座。爾乃應爲四衆廣說是經。如來室者，一切衆生中大慈悲心是。如來衣者，柔和忍辱心是。如來座者，一切法空是。安住是中，然後以不懈怠，爲諸菩薩及四衆廣說。」如來爲宣說妙法華經的佛子授記，佛子喜極而泣，信心充滿胸臆，向三寶禮敬！
向妙法華經禮敬！

第四部分　法華經最高與最深的智慧

慧日冉冉
照高、低的山嶽
照平原，復照高山
妙法華經
是如來的聖言中
慧光所照
最高的山

也是最後
如來宣化的至語
在般涅槃之前

最深刻最深切最深奧的
如來聖教：三乘歸於
如來乘、唯一佛乘！
弟子啊，佛子啊，衆生啊
妙法華經
爲諸佛所護念
是如來最高至上的教誨
宣說平等、虛空、智慧的實相！
如來法身慧光
照高山、次高的山
遍照平原
最後復照
最高的山！

佛教學者，省視如來在世間的言教，作哲學的歸類。天台智者大師認爲宣說妙法華經是如來的圓教，是佛教的命脈。在阿含、華嚴、般若等經典法乳中，法華爲醍醐。

如來的境界是大慈、大悲、大慧、虛空、解脫、自在的境界。不捨衆生、辛苦勤勞、永無止期的說法是如來的大慈。一視平等、聞聲救苦的度行，是菩薩的大悲。將至爲圓滿至爲莊嚴、無憾無缺的成佛，許爲衆生努力的目標，是如來教法的大慧——而一切福德、神通、境界，不是衆生的言詞、想像、思惟可以企及、進入。實則佛果、實則如來境界，正如月影空花。世間有爲法，出世間無爲法，一樣是夢幻泡影。必須是夢幻泡影，佛子不執著，才能進入法身遍滿的虛空，才能解脫自在。

如來的境界不等於如來。所以「般若波羅蜜多心經」中說，佛子觀十二緣起的流轉門，要修還滅門，溯自緣起法的源頭「無明」，佛子反其勢，還滅爲「無無明」。但「無無明」、「無老死」還不到究竟清淨的境界，還有神識寄於宇宙中，必須突破。因而有「無無明盡」、「無老死盡」等的清淨觀點，才能掃蕩一切執著。而如來是超越的清淨，言語道斷、心行處滅，明光慧日、不可逼視。但若只是知識上的了解，還無法見如來。佛子在「信」、「解」、「行」之後，才能「證」見如來。如來不是對最具聰明巧智的人說法，如來對有信心的人說法。所以「信」是解脫自在的入門。「解」是了解佛語了解聖典的意思。佛子要深入經藏，自能辯才無礙、智慧如海。而「信」、「解」必依「行」而成就。若不實行，那麼經論是經論，佛子是佛子，兩不相應、兩不相融。要讓佛法入心、境界提昇，就要把日常生活作爲道場，劈頭迎面的煩惱，便是佛子修行領悟的習題。在大方廣佛華嚴經中，智慧神通已那樣高深的善財童子，尚在殷勤探訪各方善知識、求知不同的解脫門——佛教中理想的學習是：聞法證道！到了一定的果位以後，說法者的功德力、加持力，使聞法者立時領悟、證果。這種學習方法，爲禪宗所實行。從祖師大迦葉尊者聞佛說法、拈花微笑，到第二十八祖達摩祖師東來，一花五葉，在在行的是無言的教誨，以揚眉瞬目、言外有意，直接點醒堪受教誨的徒弟。這是「行」和「證」的另一個層面。佛教「信、解、行、證」的學習歷程是全面性的、有效的教法。

在大方廣佛華嚴經中淨行品中，詩偈言：「自歸於佛、當願衆生、紹隆佛種、發無上意；自歸於法、當願衆生、深入經藏、智慧如海；自歸於僧、當願衆生、統理大衆、一切無礙。」這是佛子三歸依所發的誓言，是佛子歸依三寶後應實行的課題。佛子，請深入經藏！在如來浩瀚的說法中，那聖美、智慧、莊嚴、清淨、眞實的醍醐上味，是妙法蓮華經。佛子在法海中，成就無礙辯才。

第五部分　如來是大法施者

此星球即使成住壞空
他星球正壞空成住
未解脫的神識由此處赴彼處
住在不同的堪忍之境、娑婆國土

那是可修行的衆生
亦是可成佛的衆生
那是苦海中的衆生
亦是發大心的衆生

如來是大法施者

如來是衆生的大施主
——不論你住堪忍，或你已證聲聞
如來將
如來之慧、佛慧、自然之慧
以妙法華經，傳給起跑的你

在風勁路遙的生命之旅
如來囑咐
妙法華經是智慧的至寶
三藏是智慧的至寶
你要讀誦，廣爲流傳

如來囑咐眾生
如來囑咐菩薩
三摩其頂
如來盼一切眾生成佛
如來盼你將佛法的至慧
傳給四面八方、另一個起跑的人

人、天、菩薩
禮敬：妙法華經！
歸信：妙法華經！
奉行：妙法華經！

佛敎的本體論、佛敎的形而上，是如來。如來是佛敎眞理的「體」，如來境界、菩薩、如來與菩薩對衆生的敎化濟度，是如來之「用」。如來的大慈、大悲、大慧、不捨衆生、永無休息、與衆生相融相應是如來之「相」。如來有無量光明、無量神通，能遍一切處。其光明爲美麗色光，如燄、如雲、不可把捉，具有莊嚴與智慧之特質，因衆生之想望而顯現。

佛敎以緣起性空形成世間。一本於衆生的業力，一受菩薩的慈力祝福，而形成衆生和世界。此由於業力與慈力所形成的世間，衆生的生存條件舒適、宜人。菩薩希望衆生愉悅、快樂。「悅樂」、「快樂」、「人間天上」皆出現於佛典。

我們試想：當一切衆生度盡的時候，是怎麼樣的景觀呢？並且再無衆生一念無明、締造業果而形成世間的時候，是怎麼樣的景觀呢？那時，無衆生，而有如來。但如來非「有」，而菩薩一一成佛。若有衆生一念無明、造作業行、形成世間，則如來慈悲力用，有多少衆生，便有多少如來。如來的慧光照於求見如來的衆生心田，爲衆生摩頂授記、指導衆生如何成佛。此娑婆世界，曾有如來化作菩薩來度衆生，如觀世音菩薩、維摩詰居士。

如來是衆生至慧至慈的大法施者。如來希望衆生修行，成就聲聞、緣覺二乘果位，再晉登大乘菩薩地，精勤無休、護持妙法華經、宣揚妙法華經，從一地晉於一地，最後成就一乘如來！

第六部分　菩薩行

菩薩
大菩薩
大乘大菩薩
知如來能起、能滅、能斷
能起衆生佛心
能滅衆生蔽障
能斷衆生過患

菩薩
最最了解於如來
知如來體性相用

知如來心行境界
知如來轉法輪
知如來般涅槃

大乘大菩薩
行六波羅蜜
大乘、勝乘、無上乘
終歸一乘的
大菩薩啊
一切諸國土
無刹不現身
一心只爲衆生！

大乘菩薩行
豐富了佛教的內涵
菩薩協助如來度化
菩薩祝福衆生
願與衆生
同證一乘！

在這如來與衆生雙向交流會應的宇宙大道場中，大菩薩是莊嚴的如來度化相。所謂雙向交流意指衆生有如來聖格、潛能，衆生是尙未成佛者，幸遇如來來入心、如來來教化，此之謂也。然則衆生必須脫胎換骨，修證層層果位，則能直證一乘。

衆生如何晉階？如來如何教化？宇宙中便有無數忙忙碌碌的大菩薩，由衆生而來，做如來事業，成爲模範。

大菩薩從一切衆生中來。一發心想做菩薩，就是「初發心菩薩」了。讓我們來認識大菩薩的淨相。在妙法華經中，如此歸要：

1.皆於阿耨多羅三藐三菩提不退轉：意謂對於追求無上正等正覺之佛果，永不退心志、永不轉正願。

2.皆得陀羅尼樂說辯才：意謂對於如來所說經典能誦持不忘，自身也能善巧說法，能以眞、善、美、淨的法音，使衆生了解。

3.轉不退轉法輪：意謂永遠協助如來、爲衆生演說妙法。

4.供養無量百千諸佛：意謂成爲大菩薩的時間極長，大菩薩謙虛、虔誠、恭敬、供養無數如來。

5.於諸佛所植衆德本：意謂唯有隨侍如來、擁護如來的教化事業，是最正、最有效的修行方法，能聚積德本、增加智慧。

6.常爲諸佛之所讚嘆：菩薩受到如來稱嘆，意謂如來有所感動，如來肯定菩薩所行，如來稱讚大菩薩的愛語布施、利益衆生。

7.以慈修身：意謂大菩薩大慈大悲，以慈修行。

8.善入佛慧：大菩薩了知如來心行境界，了知如來體性相用，了知如來轉法輪，了知如來般涅槃，了知如來所說一切深法。

9.通達大智：大菩薩已修得大智慧，有無量神通。

10.到於彼岸：大菩薩身心已到清淨、法喜、自在、無礙的彼岸。

11.名稱普聞無量世界：大菩薩的淨名，爲無量大菩薩、爲十方諸佛所知。

由於如來的介紹，衆生也聽聞到許多大菩薩的聖名。

12.能度無數百千衆生：大菩薩以慈力祝福衆生，使世界理想化。

人性中的許多特質：或是委婉、細膩、穠稠、溫煦，或是剛峻、雄烈、高嚴、冷凜，或是優柔、猶疑、善變、浪漫，甚至或是仇怨、嫉妒、頹廢、沮喪——有些是短暫的情緒，有些是長久以往的情感狀態，有些是多生難化的習氣——人性中無數風貌的情緒或情感特質，有些是有副作用的，如轉爲傷害、毀謗、詐欺等行動，便爲世所不容。有些情感情緒雖沒有明顯的傷害他人的事實出現，卻能傷害自己。對於人的無盡數的性情特質，佛教加以分類，說明其副作用及規避之道。

如來希望人界佛子，以肉身之軀善護、修行。百年之後，不忘初志，乘願再來，爲法身大菩薩，而更向無上佛果精進，這便是佛教最高理想：唯一佛乘的永恆生命觀。

第七部分　法華經是陀羅尼解脫門

這是至爲難得的如來秘言
如來依此，難得而修證無上正等正覺
這是至爲難得的妙法秘言
而今如來宣說此妙言

這是衆生方便依行的
陀羅尼解脫門
如來平等布施此一味法雨

如來在宣說此妙言
這是如來最大的法布施

眾生歸信、禮敬、奉行
因而法喜自在
願做大菩薩
願成佛

如來的一言一句
或是無言的法音
如來一切妙法音
是無盡的陀羅尼
光明而清淨
爲菩薩所誦持
是眾生得度的法門
讓我們歸止、禮敬

這究竟解脫的
妙法華經！

如來在修行的歷程中，曾經身為比丘，恭敬、禮拜、稱讚於所遇到的一切比丘、比丘尼、清信士、清信女，一心尊重、不輕四衆而說：「我尊敬您們，您們將來會成佛。」卻遭遇到反彈、困挫，暫時趨避、忍耐，過後又一樣敬重四衆，稱他們將來會成佛。這樣一位比丘菩薩，被當時四衆稱呼為「常不輕」。常不輕菩薩受到威音王如來的祝福、教化，而修持讀誦妙法華經，於無數劫宣揚妙法華經。常不輕菩薩因世世修行持誦宣揚妙法華經而成佛。

浩瀚的經藏，如來所有的清淨妙言，乃至一詩一偈一語一字，甚至如來靜默無聲的法音，都是陀羅尼，都是解脫門。陀羅尼法音遍滿宇宙法界，等有心學佛的人來領受。過去觀世音菩薩因持誦修行大悲心陀羅尼而證成佛果；如來則因無數劫持誦修行宣揚妙法華經而證成佛果。如來把成佛的最上法門，無吝地告訴我們，佛子何幸啊。

讀誦妙法華經增廣我們的心量和思想，以及安忍的限度、菩薩願的堅定性、菩薩道遙遠里程的精進力。在不可思議的佛法修習中，功德、智慧無心地增進了。修行的四衆求佛授記，如來便爲授記，妙法華經中有典型和模範。

妙法華經是完整的陀羅尼解脫門，有成佛的原理、有實踐的規範——如來在說法華經，多寶如來共襄盛舉，祝福衆生成佛。衆生從二乘做起，從菩薩做起，從大菩薩做起，以妙法華經度無量衆生，誓證無上正等正覺：這是妙法華經最高的陳義，是佛教的究竟法門。

第八部分　信受奉行妙法華經

虛空中有法音出
有芬妙的大蓮華出
虛空無所依
虛空無所來自、無所去向
如此：因衆生而說大法
如此似幻似夢，是諸法空性
虛空中萬法無自性
那至虛而不依的法性，是一切之所依
佛子啊，你進入法性
你便進入虛空

清淨的虛空中
有如來的大慧
有平等法雨澍注在眾生的心田
「佛子啊
你可修布施、持戒
你可修慈悲喜捨
成就般若波羅蜜」

妙法蓮華經
是如來宣說的法音
佛子啊，你進入法性
你便進入一切智慧
進入清淨的虛空

妙法華經總持佛法，以一門見萬門，見八萬四千法門，見無限法門。妙法華經是方便之經，爲傳法之經。佛子必得將一切功德回向無上正等正覺，求如來授記、求如來祝福。世間非苦非不苦、人間非穢非淨，這是佛教的眞理，是成就佛法遍在萬法的眞理。妙法華經經義涵蓋般若、華嚴、阿含各經，常不輕菩薩於無數劫讀誦解悟、宣揚妙法華經，體證無上正等正覺。證者疾徐之相泯滅，無數劫的菩薩行、爲如來因，因果相融，謂之疾證。

奉行妙法華經，可從佛子各各的條件行起，以各種薰修，在三乘歸一的前提下，認淸目標，謙虛又廣大，勇往直前，向菩薩道、向佛果。成證過程，光明燦爛。

妙法華經中有如來的大智慧，人、天、菩薩，皆可歸信奉行，做爲推思佛法哲理的材料。

於此衆說紛紜的世見中，佛子可回到經典，如維摩詰居士所說，淸淨心是道場、無諂曲心是道場、慈悲心是道場，萬法不可得，虛空透明，才能見如來。如來無吝為佛子宣說妙法華經，衆生可依止奉行，讓生命做最圓滿的成就。

衆生向如來頂禮！

衆生誓願護持妙法華經！

衆生誓願成佛！

衆生頂禮妙法華經！

欣賞《法華經》「普門品」詩偈之美

一、前言

佛教大乘經典《妙法蓮華經》略稱《法華經》，第二十五品名「觀世音菩薩普門品」，簡稱「普門品」。譯者是姚秦三藏法師鳩摩羅什。本品詩偈共一百零四行，每行五字，計五百二十言。

本文將以下列方式進行：

1. 將詩偈加上標點符號，以四行爲一段，恭列於文前。
2. 對每段詩偈之美的賞析，記述於〔欣賞〕之小標題下。

二、詩偈及欣賞

〔詩偈〕

世尊妙相具！我今重問彼：

佛子何因緣，名爲觀世音？

〔欣賞〕

「世尊妙相」、「我今問彼」：所見清淨，所問清淨，將讀者從燥熱的凡塵，閃電般迅速收攝到清涼也安靜無比的境域。蓋世尊、如來容相之美，是在形而上界、在象徵界、在思想界。依佛教「勝義諦」，佛之法身即是智慧、涅槃，遍滿虛空；而「勝義諦」不離「世俗諦」，故世間任何想像、讚美，如來之身、如沖虛之空虫，可收容接納。觀世音菩薩以大慈大悲行菩薩道，依菩薩義，上求佛慧、下化衆生、勇猛精進者是也。菩薩淸淨無我、度生無期，如老子道德經所言之「下德」，爲世間最高層次之善，也是世間最高層次之美。

具足妙相尊！偈答無盡意：
汝聽觀音行，善應諸方所。

具足者，無有憾缺也，三十二相、八十種好，其實是無窮無盡的美感。如來由無量慈悲、智慧、功德所集的法身莊嚴，呈現無法形容的「妙」美。

世尊以詩偈、以陀羅尼妙音說法：說觀世音菩薩以平等心、慈悲心與大能力，足爲衆生紓困解難，這裡顯出「善」的理想。

弘誓深如海，歷劫不思議；
侍多千億佛，發大清淨願。

我爲汝略說，聞名及見身，
心念不空過，能滅諸有苦。

菩薩的布施是財物珍寶、身體生命、愛語慧音、最明的指引、最深的安慰。多劫以來，不變此志，這種恆久的財施法施無畏施，產生一種莊嚴勇猛的氛圍，讓人用清澈的淚水去感動……

菩薩曾赴艱苦歷程，護持千億如來施度於衆生；菩薩親炙千佛、億佛、千億佛，學得智慧。菩薩所發誓願，慈悲喜捨、清淨不染。慈悲、智慧、勇猛、清淨、永不休止，是本段所鋪陳的最高價值。

以集中、安定、誠眞的心念——那與慈悲菩薩相繫的心念——終使苦難（苦感、難境）

假使興害意，推落大火坑，
念彼觀音力，火坑變成池。
或漂流巨海，龍魚諸鬼難，
念彼觀音力，波浪不能沒。

或在須彌峰，爲人所推墮，

消滅。無病無災是人所希求者，衆生希望生命安全舒適，進而獲得幸福。

苦的形形色色，救的種種姿態，本詩自此起展開十四種無畏，化解人間苦相。

所列舉的災難，不宜僵固看待，宜以象徵性了解，則巨海可以是世界四大海洋，也可以是茫茫的人海，也可以是無始無終的時間之海，也可以是頭出頭沒的輪迴業海。菩薩聞聲，等而濟度。

世途坎坷，奮力登高而功虧一簣是衆生最大

念彼觀音力，如日虛空住。

或被惡人逐，墮落金剛山，
念彼觀音力，不能損一毛。

或值怨賊繞，各執刀加害，
念彼觀音力，咸即起慈心。

的遺憾。菩薩的願力在彌補和挽救這樣的缺憾。那麼，圓滿地登上最高峰，便是本段的訴求。

既有的勿失，往前走接受新的成果，這恐怕是人生幸福的定義吧。而此定義，在「諸行無常」、「生住異滅」的眞理下，唯有智慧才能持久。那麼，智慧及其等義的涅槃便是幸福了。本段可以申說爲第一義諦的追求。

懲罰不如原諒。心念一轉，海闊天空。

或遭王難苦，臨刑欲壽終，
念彼觀音力，刀尋段段壞。

或囚禁枷鎖，手足被杻械，
念彼觀音力，釋然得解脫。

咒詛諸毒藥，所欲害身者，
念彼觀音力，還著於本人。

或遇惡羅剎，毒龍諸鬼等，
念彼觀音力，時悉不敢害。

人世所有恐懼中，以死亡的恐懼爲最，顫抖悚慄，駭難自抑。菩薩施以無畏，無畏施是針對有情衆生的最慈悲施捨。

身心解脫，自由自在，是本段展示的理想。

菩薩以慈悲力使衆生免除毒藥之苦。因緣果報，在本段出現，這是業力的原理。

小飛俠彼得潘對著影子作戰，吾人往往因自擬的恐懼而惶惑不安，菩薩加持我們定力，讓我們戰勝恐懼，光天化日，不見羅剎魍魎。

若惡獸圍繞，利牙爪可怖，
念彼觀音力，疾走無邊方。
蚖蛇及蝮蠍，氣毒煙火然，
念彼觀音力，尋聲自回去。
雲雷鼓掣電，降雹澍大雨，
念彼觀音力，應時得消散。
眾生被困厄，無量苦逼身，
觀音妙智力，能救世間苦。

人生的種種苦難，惟有慈悲智慧能化解，這是本段深長的寓意。

毒物、毒氣，菩薩令彼等回轉不發，毒火也消熄。

不論是天際的風雷雨雹，人際的雷霆怒火，菩薩皆令消散，歸於平安、和祥。

脫苦解難，端賴智慧之力。而此智慧力的由來，是長時間的菩薩行所薰修的功德。

具足神通力，廣修智方便，
十方諸國土，無剎不現身。
種種諸惡趣，地獄鬼畜生，
生老病死苦，以漸悉令滅。
眞觀清淨觀，廣大智慧觀，
悲觀及慈觀，常願常瞻仰。

菩薩由慈心悲願精進修行，獲得神通智慧，以神通智慧更廣益修行精進、布施、禪定、般若，回向無上佛果。在修行的歷程中，十方國土無計佛剎皆是菩薩應化度生的道場。

六道衆生，仍有種種缺憾，而三塗之苦，苦不堪言。菩薩以無限的智慧、光明、功德力來化解、濟度。

眷戀菩薩形象，默誦菩薩聖名，是修行法門之一，使人心生慈意，心定於一處，進而清楚明瞭自己每一個舉心動念，分出善惡淨濁，以期改進。由定而生慧，這是學佛進步

無垢清淨光，慧日破諸闇；
能伏災風火，普明照世間。

悲體戒雷震，慈意妙大雲，
澍甘露法雨，滅除煩惱燄。

諍訟經官處，怖畏軍陣中，

的里程。

透澈清淨，智慧之光破滅所有愚癡和黑暗。清淨、無垢、智慧、光明、是菩薩度苦的妙方。

在法句經中有言：在所有芬芳的花朵中，守戒的芬芳勝過一切栴檀及茉莉等花，薰聞天上。本段提示慈悲與守戒是菩薩的莊嚴。所形成的功德力，如甘露滅除世間的煩惱火燄。

菩薩顧念衆生，及於諍訟的煩惱與對陣的恐

念彼觀音力，衆怨悉退散。

懼，眞是施恩廣大，有求必應啊。

妙音觀世音，梵音海潮音，
勝彼世間音，是故須常念。

觀世音菩薩聖號，是最清淨的妙音，妙音入耳，衆生耳根清淨。

念念勿生疑，觀世音淨聖，
於苦惱死厄，能爲作依怙。

衆生持念菩薩聖名，信心堅定不起一絲懷疑，必能得到依怙。在修禪定、除五蓋中，疑悔是應除的一蓋。本段爲念佛之方法，衆生心地純淨，念念相續，能脫生死苦海。

具一切功德，慈眼視衆生，
福聚海無量，是故應頂禮。

本段總結觀世音菩薩的修行、功德、大願，「德」、「福」、「慈」，是菩薩相。德，是實踐；福，是實踐的結果；慈，是實踐的原動力。菩薩以慈眼視衆生，對衆生恩深如海，是故衆生應頂禮感恩。

三、結語

本詩爲姚秦三藏法師鳩摩羅什所譯，文字氣象磅礴，歷萬古而常新，是雄壯又婉約的佛教文學。本詩主題，是觀世音菩薩的淨德、願力及慈悲，可說是大乘佛教的宗趣所在。本詩之美，尤在於這樣理想的人格，這樣理想的境界，這樣理想的生命之自由自在。

〔附錄二〕

「楊枝淨水讚」讚詞

楊枝淨水　遍灑三千　性空八德利人天
福壽廣增延　滅罪消愆　火燄化紅蓮
南無觀世音菩薩摩訶薩
南無觀世音菩薩摩訶薩
南無觀世音菩薩摩訶薩

楊枝淨水讚

楊枝

楊柳的枝條不只是垂拂在西湖岸
不只是在將出的玉門關，不只是
不只是陌頭，不只是江南
曉風清月，不只是我心頭
一叢叢煙雲穠淡，楊柳枝
大士將隨手拈摘

淨水

這水是不拘湖海，這水是
也是那雨、也是那淚、也是那
慈母的心腸——一一不拘
處處道場

但將甘露於苦渴
但將滋慰於無邊的絕望
於地獄火、於刻骨痛
這寶瓶淨水，點滴分寸
爲你的身、心、魂、夢療傷

遍灑三千

一佛淨土有世界三千大千
一世界一日月，繞須彌山而行
我在須彌山以南，隔香水海遙望
我是遙遠遙遠而遙遠
我是渺小復渺小，在須彌山以南
圓顱方趾，年壽極限於百的
黃膚種姓，遙望你
光燦的珠寶、香花遍滿、踏風輪之上
立於虛空的須彌山
上有三十三天的須彌山，衆神的須彌山
高八萬四千由旬，構成千數之一的須彌山

千千爲小千，一千小千是中千，一千中千爲大千
三千大千一佛土，之一之一啊
香水海上的須彌山，我在你以南

性空

如果你依賴覺識收受
如果你依賴思惟
如果你用情種因
你便落入永遠的相對裡
——日夜、深淺、有無
聚首和離別，愛或失落

願你了然「我」是暫且的假設
願你了然佛法亦相待於此人世苦穢的泥土
萬物如幻
願你了然無著

八德

香水海，海水香甘溫柔
如熨心的手，用軟語撫摩

大士以楊枝沾灑，水珠向你
漩成芬芳的蓮花……

此去十萬億佛土有世界名曰極樂
金池裡等你來有清涼水亦具八功德

利人天

我們圍一個大圈圈
我們手牽著手圍一個大圈圈
有時候我牽著陌生的你的手
有時候我牽著的是自己的手
過去的手，牽著現在的手，牽著未來的手
我牽著我，圍成一個大圈圈

在這裡不容易突圍，從蟻、蝶、魚、蟲
從羽翼到好看的人
從喜戰的阿修羅——以珠寶爲箭
觸身即稱勝敗，那喜戰而不殺的阿修羅

到抱琴飛天的乾闥婆
甚至梵天王和他美麗的眷屬
大家手牽著手，圍一個大圈圈
在這裡不容易突圍，這裡是福祉或辛苦的輪迴
這裡是我們等待大士的範圍

福壽廣增延

萬物如幻，願你了然
而又萬萬不可鄙棄此如幻如電的造化
此假合的我身
虛幻等你了解，眞實在其上

增福延壽
大士關切於你每一句禱告

滅罪消愆

我於此懺悔
我於此稱念
諸佛洪名
懺悔我曾做的不是
我曾愚癡不智所做的不是
我無力挽救，也無由補償
我於此懺悔
諸佛洪名我跪下稱念
請幫我對那曾經對不住的人物事件彌補缺憾
也請幫我化除那隨身的業障

火燄化紅蓮

這火來自與這水同樣的母胎
是攣生的清涼和忿熱癡愛

這水何況是純淨甘涼，大士取自八功德海
這火，這火燄，這紅火燄漸次轉化
語音漸漸柔順，火蕊漸漸芬芳
而出落爲蓮花……

這蓮花，這來自火燄的紅蓮花
終於開在我心安靜的水上

南無觀世音菩薩摩訶薩

水澤、木橋、茅屋、籬落
踢鍵子的孩童，下棋的老叟
浣衣的婦女，或行路的官差……
北方有國，名曰震旦
我震旦國的子民，有智慧、福報
來篤信大乘
尤其與菩薩有緣
有深緣在此焚香膜拜
問訊如來
有深緣我篤信大乘，歸依於

聞聲救苦、大慈大悲者
南無觀世音菩薩摩訶薩
南無觀世音菩薩摩訶薩

〔附錄二〕

古德所譯漢音「大悲心陀羅尼」

千手千眼觀世音菩薩廣大圓滿無礙大悲心陀羅尼

南無喝囉怛那哆囉夜耶 1
南無阿唎耶 2
婆盧羯帝爍鉢囉耶 3
菩提薩埵婆耶 4

摩訶薩埵婆耶 5

摩訶迦盧尼迦耶 6

唵 7

薩皤囉罰曳 8

數怛那怛寫 9

南無悉吉嘌埵伊蒙阿唎耶 10

婆盧吉帝室佛囉楞馱婆 11

南無那囉謹墀 12

醯唎摩訶皤哆沙咩 13

薩婆阿他豆輸朋 14

阿逝孕 15

薩婆薩哆那摩婆薩哆那摩婆伽 16

摩罰特豆 17

怛姪他 18

唵阿婆盧醯 19

盧迦帝 20

迦羅帝 21

夷醯唎 22

摩訶菩提薩埵 23

薩婆薩婆 24

摩囉摩囉 25

摩醯摩醯唎馱孕 26

俱盧俱盧羯蒙 27

度盧度盧罰闍耶帝 28

摩訶罰闍耶帝 29

陀羅陀羅 30

地唎尼 31

室佛囉耶 32

遮囉遮囉 33

麼麼罰摩囉 34

穆帝隸 35

伊醯伊醯 36

室那室那 37

阿囉嘇佛囉舍利 38
罰沙罰嘇 39
佛囉舍耶 40
呼盧呼盧摩囉 41
呼盧呼盧醯利 42
娑囉娑囉 43
悉唎悉唎 44
蘇嚧蘇嚧 45
菩提夜菩提夜 46
菩馱夜菩馱夜 47
彌帝唎夜 48

那囉謹墀 49
地利瑟尼那 50
婆夜摩那 51
娑婆訶 52
悉陀夜 53
娑婆訶 54
摩訶悉陀夜 55
娑婆訶 56
悉陀喻藝 57
室皤囉夜 58
娑婆訶 59

娑婆訶 71
那囉謹墀皤伽囉耶 72
娑婆訶 73
摩婆利勝羯囉夜 74
娑婆訶 75
南無喝囉怛那哆囉夜耶 76
南無阿利耶 77
婆羅吉帝 78
爍皤囉夜 79
娑婆訶 80
唵悉殿都 81

漫多囉 82

跋陀耶 83

娑婆訶 84

〔附錄三〕

近梵音之「大悲心陀羅尼」的國語注音

千手千眼觀世音菩薩廣大圓滿無礙大悲心陀羅尼

ㄋㄚ ㄇㄛˋ ·ㄏㄜ ㄖㄚ ㄉㄚ ㄋㄚˇ ㄉㄚ ㄖㄚˇ ㄨㄚ ㄧㄚ 1

ㄋㄚ ㄇㄛˋ ·ㄏㄜ ㄚˇ ㄖㄧ ㄧㄚˇ 2

ㄨㄚ ㄌㄛ ㄍㄧ ㄉㄝ ㄙㄚ ㄦ ㄨㄚ ㄖㄚˇ ㄧㄚˇ 3

ㄅㄛ ㄉㄧ ㄙㄚ ㄉㄚ ㄨㄚˇ ㄧㄚ 4

ㄇㄚ ㄏㄚ ㄙㄚ ㄉㄚ ㄨㄚˇ ㄧㄚ 5

ㄇㄚ ㄏㄚ ㄍㄚ ㄖㄛˇ ㄋㄧ ㄍㄚˇ ㄧㄚ 6

ㄨㄥㄇ 7

ㄙㄚ ㄦ ㄨㄚˇ ㄅㄚ ㄧㄚˋ ˙ㄏㄜ 8

ㄙㄨ ㄉㄚ ㄋㄚˇ ㄉㄚˇ ㄒㄧ ㄚ 9

ㄋㄚ ㄇㄚˇ ㄒㄧ ㄚ ㄙㄨ ㄍㄚ ㄖㄚ ㄉㄝ ㄨㄟ ㄇㄚㄇ ㄚˇ ㄖㄧ ㄧㄚ 10

ㄨㄚ ㄌㄜ ㄍㄧ ㄉㄝ ㄙㄚ ㄦ ㄨㄚ ㄍㄚ ㄦ ㄅㄚ 11

ㄋㄚ ㄇㄛˋ ˙ㄏㄜ ㄋㄧ ㄌㄚ ㄍㄢ ㄉㄚˇ 12

ㄏㄜㄦ ㄌㄧ ㄇㄚ ㄏㄚ ㄅㄚ ㄖㄚ ㄉㄚ ㄙㄚ ㄖㄚㄇ 13

ㄙㄚ ㄦ ㄨㄚ ㄉㄚˇ ㄙㄨ ㄅㄚㄇ 14

ㄚˇ ㄗㄚ ㄧㄚㄇ 15

ㄙㄚㄦ ㄨㄚ ㄙㄚ ㄉㄚ ㄨㄚ ㄋㄚ ㄇㄚ ㄦ ㄍㄚ 16

ㄇㄚ ㄏㄚ ㄉㄚˇ ㄉㄨ 17

ㄊㄚ ㄉㄚ ㄦ ㄋㄚˇ 18

ㄨㄥㄇ ㄚ ㄨㄚ ㄉㄛ ㄍㄧ 19

ㄉㄛ ㄍㄧ ㄉㄝ 20

ㄍㄚ ㄖㄚ ㄉㄝ 21

ㄏㄚ ㄦ ㄖㄧ 22

ㄇㄚ ㄏㄚ ㄅㄛ ㄉㄧ ㄙㄚ ㄉㄚ ㄨㄚˇ ㄧㄚ 23

ㄙㄚ ㄦ ㄨㄚˋ ㄙㄚ ㄦ ㄨㄚˋ 24

ㄇㄚ ㄉㄚˇ ㄇㄚ ㄉㄚˇ 25

ㄇㄚ ㄏㄧ ㄖㄧ ㄉㄚ ㄧㄚㄇ 26

ㄍㄨ ㄖㄨˇ ㄍㄨ ㄖㄨˇ ㄍㄚ ㄦ ㄇㄚ ㄇ 27

ㄍㄨ ㄌㄨˇ ㄈㄟ ㄗㄚˇ ㄧㄚ ㄉㄧ 28

ㄇㄚ ㄏㄚ ㄈㄟ ㄗㄚˇ ㄧㄚ ㄉㄧ 29

ㄉㄚˇ ㄖㄚˇ ㄉㄚˇ ㄖㄚˇ 30

ㄉㄚˇ ㄖㄧ ㄋㄚ 31

ㄙㄨˇ ㄦ ㄧㄚ 32

ㄘㄚ ㄌㄚˇ ㄘㄚ ㄌㄚˇ 33

ㄇㄚ ㄇㄚ ㄅㄚ ㄖㄚˇ ㄇㄚ ㄖㄚˇ 34

ㄇㄨ ㄍㄚ ㄉㄝ ㄌㄝ 35

ㄝ ㄏㄧ ㄝ ㄏㄧ 36

ㄘㄢ ㄉㄚ ㄘㄢ ㄉㄚ 37

ㄏㄜ ㄖㄧ ㄙㄚㄇ ㄅㄚ ㄖㄚˇ ㄘㄚ ㄌㄧ 38

ㄅㄚˇ ㄙㄚ ㄅㄚˇ ㄙㄚㄇ 39

ㄆㄚ ㄖㄚˇ ㄙㄚˇ ㄧㄚ 40

ㄏㄨ ㄌㄨ ㄏㄨ ㄌㄨ ㄇㄚ ㄌㄚ 41

ㄏㄨ ㄌㄨ ㄏㄨ ㄌㄨ ㄏㄧ ㄌㄟ 42

ㄙㄚ ㄖㄚˇ ㄙㄚ ㄖㄚˇ 43

ㄒㄩ ㄖㄧ ㄒㄩ ㄖㄧ 44

ㄙㄨ ㄖㄨ ㄙㄨ ㄖㄨ 45

ㄅㄛ ㄉㄧ ㄧㄚ ㄅㄛ ㄉㄧ ㄧㄚ 46

ㄅㄨ ㄉㄚˇ ㄧㄚ ㄅㄨ ㄉㄚˇ ㄧㄚ 47

ㄇㄚ ㄉㄧ ㄖㄧ ㄧㄝ 48

ㄋㄧㄌㄚㄍㄢㄉㄚˇ 49

ㄉㄚㄖㄚˇㄒㄧㄋㄧㄋㄚˇ 50

ㄆㄚㄧㄚㄇㄚㄋㄚˇ 51

•ㄙㄨㄚ｜ㄏㄚ｜ 52

ㄒㄧㄉㄚˇㄧㄚ 53

•ㄙㄨㄚ｜ㄏㄚ｜ 54

ㄇㄚㄏㄚㄒㄧㄉㄚˇㄧㄚ 55

•ㄙㄨㄚ｜ㄏㄚ｜ 56

ㄒㄧㄉㄚㄧㄡㄍㄟ 57

ㄙㄚㄨㄚㄖㄚˇㄧㄚ 58

•ㄙㄨㄚ｜ㄏㄚ｜ 59

ㄋㄧ ㄌㄚ ㄍㄢ ㄉㄚˇ 60

˙ㄙ ㄨㄚㄧ ㄏㄚㄧ 61

ㄙㄚ ㄖㄚˇ ㄇㄚˇ ㄧㄚ 62

˙ㄙ ㄨㄚㄧ ㄏㄚㄧ 63

ㄒㄧ ㄏㄚㄇ ㄏㄚ ㄒㄧ ㄇㄨ ㄍㄚ ㄧㄚ 64

˙ㄙ ㄨㄚㄧ ㄏㄚㄧ 65

ㄙㄚㄦ ㄨㄚ ㄇㄚ ㄏㄚ ㄒㄧ ㄉㄚˇ ㄧㄚ 66

˙ㄙ ㄨㄚㄧ ㄏㄚㄧ 67

ㄗㄚ ㄍㄚ ㄖㄚˇ ㄒㄧ ㄉㄚ ㄧㄚ 68

˙ㄙ ㄨㄚㄧ ㄏㄚㄧ 69

ㄅㄚ ㄌㄜ ㄇㄚˇ ㄅㄚ ㄌㄜ ㄒㄩ ㄨㄚ ㄖㄚˋ ˙ㄏㄜ 70

•ㄙ ㄨㄚㄧ ㄏㄚㄧ 71

ㄋㄧ ㄋㄚ ㄍㄢ ㄉㄚˇ ㄈㄟ ㄍㄚˇ ㄖㄚˇ ㄧㄚ 72

•ㄙ ㄨㄚㄧ ㄏㄚㄧ 73

ㄇㄚ ㄏㄚ ㄖㄧ ㄕㄧ ㄙㄚ ㄍㄚ ㄖㄚ ㄧㄚ 74

•ㄙ ㄨㄚㄧ ㄏㄚㄧ 75

ㄋㄚ ㄇㄛ ㄖㄚ ㄉㄚ ㄋㄚˇ ㄉㄚ ㄖㄚˇ ㄧㄚˇ ㄧㄚ 76

ㄋㄚ ㄇㄛ •ㄏㄜ ㄚ ㄌㄧ ㄧㄚ 77

ㄨㄚ ㄌㄛ ㄍㄧ ㄉㄝ 78

ㄙㄚ ㄨㄚ ㄖㄚˇ ㄧㄚ 79

•ㄙ ㄨㄚㄧ ㄏㄚㄧ 80

ㄨㄥ ㄇ ㄒㄧ ㄉㄧˇㄢ ㄉㄨ 81

ㄇㄜㄇ ㄉㄚ ㄖㄚˇ 82

ㄅㄚˇ ㄉㄜ ㄇㄚˇ ㄧㄚ 83

•ㄙ ㄨㄚㄧㄏㄚㄧ 84

〔附錄四〕

「大悲心陀羅尼」的英音及原(梵)文的句讀

THE MENTRA OF AVALOKITE SHVARA

Namoh: ratanātarāvaya.

Namoh: āriyāvalokite sarvarāyā baudhisattavāya mahāsattāvaya mahākarūnikāya.

Um sarvā bāhyah: sudhanādhāsia namāsia sukaratavemam āriavalokite sarvagarbah.

Namoh: nilakandhā mahābaramasaram.

Sarvadhāsubham ājayam sarvah: sattavanamargā mahādhātu.

Tadharnā um avaloki lokite karate.

Hari mahābodhi sattavāya sarvah: sarvah: malā malā.

Mahiriḍhayam kurū kurū karmam.

Kurūvijāyati.

Mahāvijāyati.

Dhārā dhārā dhārina sūrya chalā chalā mama barāmarā mukatale ehi ehi chanḍha chanḍha herisam barāchali.

Bāsa bāsam parāsāya hulu hulu mala.

Hulu hulu hile sarā sarā shri shri suru suru bodhiya bodhiya buḍhāya buḍhāya.

Matiriye nilakanḍhā dhārasininā payamanā svāhā.

Sidhāya svāhā.

Mahāsidhāya svāhā.

Siḍhayoge savarāya svāhā.

Nilakanḍhā svāhā.

Sarāmāya svāhā.

Siham hasimukhaya svāhā.
Sarva mahāsiḍhāya svāhā.
Cakarāsiḍhāya svāhā.
Paḍhamāpaḍha ′sivarah: svāhā.
Nilakanḍhā vikārāya svāhā.
Mahārişi sakārāya svāhā.
Namo ratanātarāyāya.
Namoh: āriyāvalokite savarāya svāhā.
Um siḍhāyantu memtarāpāḍhamāya svāhā.

註：1. ā長音。
2. ′s讀作「sh」。
3. ḍ與ş捲舌讀之。

〔附錄五〕

當法音流入詩的礦層
——訪女詩人敻虹

滿光法師·潘煊

問：請問是如何的因緣，使您從一般現代詩的寫作，進入佛教現代詩的創作？

答：現代詩與佛教現代詩二者，於我而言，不是前後分明的兩個段落，而是重疊、並行的創作領域。我第一首佛教現代詩〈爐香讚〉十三首，已是十幾年前的作品了，當時學會梵唄，參加佛寺中的早晚課，深爲感動，作品於焉誕生。接著是以祝福觀點寫成的〈祝禱〉，之後出現的〈楊枝淨水讚〉十首，則比較落實在人間的苦楚感受以及懺悔情懷。恭讀佛典，菩薩所行，令我深深感動，因而依據普門品詩偈，寫了歌頌觀世音菩薩的三百餘行新詩。去年七月，在佛光山受五戒和菩薩戒，爲這生命中的大感動、大震撼，寫了受戒詩兩首。

其實，在我大學時期的作品中，就有禮讚佛陀、嚮往如來境界的詩句出現，我想，這與環境有絕大關聯。我自小在正信佛教家庭中長大，父親一輩子修持《心經》，於佛法具有正知正見，薰染所及，我對佛陀向有一種情感化的尊崇。所以，一路行來，自然地以抒情的筆調，發露宗教崇思，寫成佛教現代詩。

問：修行與創作在您生活中如何互相觸發影響？

答：我十五歲開始寫詩，就立志要當一輩子的詩人，本來父親希望我成爲女畫家，在那個時代，在台東那樣荒曠原樸的大環境裡，父親能夠不著眼於現實的考量，對我的人生觀、價值觀有著深遠的影響。他帶著我去朋友家看畫，我第一幅看到的就是達摩祖師像。後來我讀了師大藝術系，接受許多資深、傑出的書、畫教授指導，有這麼好的師緣，我卻沒有繼續在繪畫上發展，還是回到了最初的心願，歸返於詩的領域。當然，繪畫的技法訓練、布局、著色及美學原理、鑑賞探討，可以會通於詩的創作，無形中讓我的詩傾向於繪畫的構圖。

修行也是一種美，那是情緒的提煉之美，用在我們一切的言語以及待人，以充滿甜蜜、尊重與照顧的心，對待周遭的一切。修行的心，讓我們好好掃地，悲憫任何有情，我記得小時候住平房，遇到有蜈蚣進來，媽媽從不曾一腳踩死，她總是用火箝子，夾著強悍的蜈蚣，走到很遠的大土溝，任它自行離去。這個慈憫的景象，深印在我心田。當然，修行的心，也讓我們好好對待小孩，舉個例子說，有一次，鄰居五歲的女孩來按門鈴，我當時手邊正忙，不方便立刻應門，但我知道她等我，我稍後便隨即下樓，對她解釋剛才的情況，雖然她只是一個孩子，但我希望將來她長大回想起這件事，都會有受到尊重的感覺。其實，修行的心，還能讓我們做出一頓好飯菜。有一天我與女兒去一家素食餐廳吃飯，一進門，就看到掌廚的歐巴桑正在怒罵她的女兒，氣氛很不愉快。我們雖然心情不受影響，但我和女兒同時覺得那些菜很不好吃，因此我才發現一個人的心如果不柔和，連烹調的飯菜，結構都會僵硬，內在的甘甜出不來，當然就不好吃了。

所以學佛修行，可以用在炒菜，用在端茶，用在讚歎，當然，也用在寫詩，用在創作。詩是一門藝術，藝術淨化情緒、洗滌心靈，加以佛法給我們的智慧，清淨卻又不離人情，那麼禪悅法喜的美感境界，便能由此而創生。但清淨不是僵化，宗教絕非說教，眞正的佛教現代詩，是活潑生動，而非索然無味，因爲好的作品，一定富涵眞善的性靈，一定具足美感，自然就能感動人心。

問：您認爲佛教現代詩應掌握那些重要內涵？

答：於內在蘊涵上，對於佛理需有正知正見的認識，讓詩臻於美、淨的境地。創作者希望透過提昇的詩境以利益衆生，所謂「利益」，就是增進別人清淨的快樂，負面的場景描寫，給人不好的感受，就不適合入詩。掌握這些原則，詩篇就能莊嚴。

問：您對目前詩壇上創作佛教現代詩有怎樣的期許？

答：我鼓勵年輕創作者，皈依三寶，以佛法潤養自身，擴展題材，寫佛教現代詩。佛經浩瀚如海，只要有基本的文學底子，深入經藏，有取之不盡的啓發，於詩藝、於自性，都能有所進境。

問：您個人在佛教現代詩的創作上，目前有怎樣的寫作計劃？

答：目前我正要完成《妙法蓮華經》的介紹文章，每一段文前，都有一首詩。模仿佛經中有文有詩偈的文學形式。詩是如來認可鼓勵的文體，陀羅尼是如來所發的至眞至善至美至淨的法語，可爲詩偈、可爲長文。所以一個創作者、修行人，如果將來能達於如來境界，所發出的語言，就是陀羅尼了。因此我們除了虔誦經典，了解經義，以創作形式來修行，也是一個很好的法門。

古印度雅利安民族，富於哲學思想與文學造詣，他們因發現五河流域之美，而有黎明之神、樹神、河神，又因文學創造如四吠陀，而更有語言之神，已然發現了語言的神妙性。如來在《法華經》裡說，學佛、學菩薩就要懂得陀羅尼，能寫能畫是世間五明中的聲明，深潛其中，亦是修行，自利而利人。

一一感謝

本詩集得以圓滿出版，梅子衷心感謝

南無本師釋迦牟尼佛
南無阿彌陀佛
南無藥師琉璃光如來
南無多寶如來
南無文昌如來
賜予靈感和文思

感謝

南無觀世音菩薩

鳩摩羅什菩薩

賜本書以氣息、膚髮、模樣、姿態、言語、思想和生命

感謝

宜瑛姐出版發行，董心如小姐設計封面

感謝

家人溫暖的協助

感謝
所有師長和曾經親近的善知識，成就如今的我

感謝
佛、法、僧三寶的福佑，使我走向清淨光明的慧道

南無阿彌陀佛

梅子（夐虹）頂禮

國家圖書館出版品預行編目資料

觀音菩薩摩訶薩 / 敻虹著. -- 初版. -- 臺北
市：大地，民86
面；　公分. --(萬卷文庫；224)
ISBN 957-9460-89-2(平裝)

851.486　　86011510

觀音菩薩摩訶薩

萬卷文庫(224)

著　　者：敻　虹
校　　對：敻　虹、陳　美　秀
封面設計：董　心　如
發 行 人：姚　宜　瑛
發 行 所：大　地　出　版　社
臺北市瑞安街23巷12號
郵撥帳號：0019252-9
電話：703-3862　傳眞：708-9912
印 刷 者：松霖彩色印刷公司
初　　版：一九九七（民國八十六）年十月
定　　價：平裝160元

新聞局出版登記證：局版臺業字第3279號